너도 그저 꽃이었구나

글 최승현
그림 송희

추천사

나는 어느 날
한 사람의 이야기를 듣게 되었다.
말이라고 듣고 흘리기 아까웠다.
말 뒤에 구성지고 깊이가 있는 글이 있으며
한 부분의 일기가 책으로 만들어지는 일을 응원하였다.

"랑"

명랑하게 시작되는
고등학생 소녀와 소년의 사랑 이야기이다.
입시의 어둠에서 반딧불을 통해
노랑이와 파랑이를 보게 된다.
자유롭고 순수한 영혼의 아지랑이 아물거리며 리듬을 탄다.

"그래도 행복하니까 그 행복 파워로 퐈이어해야지"

"우연이 필연이었다는 것.
너무 이르게 안 기분. 아까운 기분."

언어의 마술사가 만들어 내는 말과 글의 환상적 조합이었다.

노랑이와 파랑이는 기체가 되어
해 달 불 물 나무 금 흙을 엮는 400일 동안
교실에서 캠퍼스로 가기까지 기록이다.

"도대체 난 왜 항상 아파하는 거야!"

"맘 졸이다 아깝게 흘려버리는 것 보단
조금은 덜 숙성된 치즈를 먹더라도
빨리 알아가고 싶어."

"내가 너한테 드는 마음은
없었던 것에 대한 집착인걸까
아니면 정말 처음 만난 진심인걸까."

노랑이와 파랑이는 새가 되어 날고
구름 해 바람 실이 되고 연이 되어 간다.
구름을 넘으며 이성이 감정이 되고 기도가 된다.

"이해받고 갑자기 터져나오는 울음이 왠지
나도 의아하고 당황스럽고 막 마음이 욱씬욱씬했어."

"네가 정말 어디서 내게 온 걸까.
한 가득 꼬옥 안고 싶어."

"눈 맞추고 네 아이같은 웃음도 보고
또 눈 감고 네 향기에 물들고 싶기도 해."

펼쳐지는 글들이 이슬비의 방울방울 구슬이 된다.
글에서 전개되는 데이트 시리즈를 통해
소녀의 이성이 풀리고 감성이 휘감기며
가슴이 뛰고 심장을 내어준다.

어느 순간 시를 머금은 노랑, 파랑은
꽃이 되고 하얀 나비로 분화하며
"랑"이라는 외자로 산다.

"스스로 오롯이 서는 게 아닌
사람에게로 도피하기도 한다"는
비밀을 알았기 때문일까?

그 꽃은 눈물과 땀을 먹고 자라 슬프다.
"슬픈 꽃은
아, 내게 향기가 부족하구나 하고
더욱 더 자신을 갈고 닦았다."

400일의 기록에서 춘하추동과 희노애락이 어우러진다.
때때마다 소녀가 드리는 기도는 행복하고 슬프다.
진실과 애통을 담은 기도이다.

"우리는 닮았지만
다른 사람이라는 걸."

"나는 너에게서
날 보고 있었다는 걸."

이 책 한 권에 담긴 사랑의 고백과 기록은
삽화를 통해 꽃밭에 선 소녀를 소환한다.

그리고 여러분이 읽으며 자신의 꿈과 추억을 담는 플랫폼이다.
읽으면 또 읽게 되고 읽으면서 함께 춤추게 된다.

2021년 4월에

승현을 응원하며 미래를 지켜보는
샘병원 전인치유교육원 고문 김도봉

목차

첫 시작

모든 이들의 어릴 적에는
본인이 원하는 친구의 '정의'가 있는 것일까?

나는 다정하고
다양한 주제로 자유롭게 토론할 수 있는
친구를 원했었다.

다만 크면서
친구에 대한 정의는 넓어져 갔고
어느 새 어린 시절의 '정의'도 흐릿해져 있었다.

그런데..
드디어 만났다..!

비록 입시 기간이지만은
너무나 행복하고 설레어
글을 쓰지 않을 수가 없다.

지금 이 순간에 솔직하고 싶고
행복하고 싶어서.

후에 지금을 읽으며
추억하고 싶어서.

아, 마음이 두근거린다.

―――

설렘

친구가 되고 벌써 며칠
너무나 설레고 신나는 마음

다만 동시에 항상 걱정되는 마음
눈치채지 못한 채 한없이 깊어져
나도 모르는 새 너에게로 흘러넘칠까봐.

좋아하는 건 맞아. 아마 친구로서.
문제는 내가 친구라 느낀 후부턴
이성으로서의 마음도 있는지
확신하지 못한다는 것.

막 고맙다 좋다 네가 소중하다
계속 말해주고 싶고 한 가득 웃어주고 싶고
또 꼭 안아주고 싶기도 해.

그런데 그러면, 분명 또 속닥속닥.
수군수군대며 나도 모르는 나의 이야기가
펑.

감정에 충실할 것?
남의 시선을 조금은 의식할 것.
난 후자이긴 하나 그게 잘 안 되는 걸.
자꾸, 자꾸 마음이 먼저 가.

이건 아마 나의 성격.
이는 이다고 말해야 하는, 좋으면 좋다고 표현해야 하는.

사실 가장 걱정되는 건,
커다란 내 표현들에 당황할 너야.

결심

너에게 하고 싶은 말이 있어 왔어.
있잖아 난 이 순간들이 정말로 귀해.

따뜻하고 포근하고 도담한 순간들이
날 행복하게 해 줘.

그래서 더욱더 소중히 하고 싶어.
물론 곱씹고 또 떠올리며 설레는 것도
좋아.

하지만 흠뻑 취해버려서
해야 할 걸 놓치다가, 후에 이 조차 부정하는,
그런 후회는 정말 하고 싶지 않아.

좋아 좋아 싫어 싫어
젖어들고 싶지만 후에 외면하게 될까 두려워

조금만 좀 더 아니 그만 여기까지만
해야 하는 것, 집중해야 할 땐 그곳에만.
깨어서 열심을 다해야지.

앞으로 다시 지금을 추억하면 행복해질 수 있게.

마음의 겹침

믿을 수 있는 친구가 있어서
되게 좋은 것 같아

네게 직접 듣지 못한 건
좀 아깝기도 하고
그렇긴 했지만

으아아하고 있었던 걸
한 번에 흐아하고
떨려하고 안도하고
다시 조마조마해지다

그래 그랬구나
같은 맘이었구나

좋다

잔뜩 먹구름 낀 하늘에
자그마한 햇살이
새 길을 열어준다

정말 나만 그런 거 아니지.

첫 마주침 ——————————————————————

그때 진짜 놀랐어.
아니다. 그냥 의아했던가.
갑작스러운 메시지에.

물어볼 게 있다는 그 말,
어라 나한테 그럴 게 있나
궁금해졌는데 나의 너무 늦은 확인에
알 수 있는 기회는 기약없이 저 너머로.

어느 날 아침 조깅에 대화를 나누게 됐어.
아니다. 그냥 만남이려나.

언제나와 같은 아침 멤버
그 사이에 새로운 너와 둘
막 시시닥 대다가 그게 너무 즐겁더라.

처음이었어. 아마 그럴거야.
솔직한 나를 받아들여 주며
나의 말에 유쾌하게 웃는
그런 분위기 그런 풍경

아, 나도 함께 존재하는구나.

그러다 너와 나 사이 조금의 공통점을 찾고
그냥 그렇구나 하고 넘어갔던 듯 해
그때 너의 질문은 살짝 잊어버린 채로
그날의 행복한 경험에 들뜨며
잔뜩 조마조마했었지.

내일도 오늘과 같으면,
아니다 또 오늘이었으면 좋겠다.
그렇게 바라다 결국 흘러갔고

같은 듯 다른 즐거운 풍경에
나도 녹아들어
정말 좋아했었더라.

그러다 너의 이야길 나누고 싶단 말에
아고 맞다! 하며 또 궁금해졌지.
이미 흘러간. 질문을 붙잡아 다시 물어본다는 건
뭘까- 하고 빨리 내일이 되면 좋겠다 바랐지.

그런데 내가 좀 바보 같았어.

———

10.21. 첫 대화

난 대화라는 건 마주 봐야만 성립되는 줄 알았어.

맙소사 페이스북 메시지라니. 인터넷에 그런 기능이 있었지.

하고 조금은 내가 우습고

또 어째 이젠 내가 더 얘기하고파 하는 모습에

어라리요 낯설어라 에효 정말 모르겠네

그날 집에 가면서

네 메시지가 온 걸 봤어.

확인하고픈 데 그게 가능한 앱이 없어서

부랴부랴 도착하자마자 컴을 켰어.

뭘까 뭐지 뭔데 뭐야.

그리고.

으아. 이거 완전 돌직구인데.

솔직히 지금도 왠진 잘 모르겠지만
너에게 두 가지의 선택지를 줬고
갑작스런 깊은 대화에
시간 가는 줄 모르고
사실 시간을 붙잡고 싶어하며

약속할게, 그 한 마디에
쿵하며 심장은 떨리고
으아 친구야 친구가 됐어
왠지 모를 엄청난 쑥쓰러움이 몰려와서
그래, 그래.

문득 더 얘길하고 싶어.
알고 싶어.
넌 어때? 무슨 생각을 해?
이런저런 이야기를 하고 또 듣고 싶어.

그래도 돼?
부담되진 않을까?

너의 약속이 빨리 이뤄지면 좋겠다.
하다 아이코. 놓쳐버렸던 건 나네.

또 나야 또 나네.
처음에도 내가 조금만 빨리 알았다면
더 많은 얘기를 그 긴 연휴동안 나눌 수 있었을텐데.

변명 아닌 변명 한 자락.
그때 심하게 다쳤었는데
페이스북 들어갔다간 네게 하소연할까봐 그랬어.
친해지기 시작한지 얼마 안 되었는데 부담줄까봐.
그래도 들어와 볼 걸 하고 후회했지.

그리고 돌아온 학교
또 같은 일상이 반복되려나 했는데
뜻밖의 행복, 선물.

추위야 고마워(헤헤)

내가 사랑하는 음악실
요즘 피아노에 빠져서
항상 오고 싶은 곳.

그랬는데 아침의 음악실되어
한바탕 작은 우리만의 음악회가 열리고
네게 내 노래를 들려줄 수 있어서 더욱 좋았다.

거기에 또 작은 합주
내 노래에 박자가 입혀지니 색달라져서 신기했다.

사실 또 기뻤던게
내가 피아노를 치니

다른 친구가 네게 말해주는 소리에
아 내 음악을 듣고 싶어 해줬구나.

이것만으로도 그날은 참 행복했을텐데.
네가 또 찾아왔다.
오롯한 내 음악을 네가 들었다.

그거 아니? 그때 쳤던 곡들,
그 순간의 감정에 취해 새롭게 만든 거야.
아마 그와 동일한 곡은 다시 치기 어렵겠지.
그러니까 그 곡들은 정말 너만이 들은 거야.
너만이 아는 거야.
거기에 더해 또 잠깐의 대화-.

그러고 그 다음날이 되어
또 고마운 동장군의 심술에
정말 우리만의 음악회를 가지고

안타깝게도 더 이상의 행운이 오지 않아서
아침 후의 만남은 없었다.

그래도 행복해하다 또 아릿한 두통에
내 스스로가 어이없고 한심해서
지치다 무심코 네게 아프단 말을 했다.

도대체 난 왜 항상 아파하는 거야.
그걸 또 왜 네게 말하는 거야.
소중한 사람들에게 부담을, 걱정을 주기 싫다.

―――

그리고 또 오늘
점심 때 잠깐의 시간에 짧은 대화.
X퍼센트의 대답을 했다.
그 이상은 네가 부담될까봐.
너와 대화할 수 있으니
빨리 내일이 되면 좋겠다는 말
하고 싶었다.

속 깊은 대화 나누는 친구
네가 처음이라서
그래서 더 소중해서 자꾸 겁이나

어디까지가 괜찮은 거야,
부담주지 않는 거야?
더 얘길 나누고 싶어.
넌 어떤 생각과 가치관을 가졌어?
이것에 대해 너는 어떻게 생각해?

궁금해 알고 싶어

너도 그래?

여기니까 하는 말이지만
내 친구가 함께 하지 않았더라면
너랑 얘기하게 되었을까?

아니지 싶다.
기본적으로 경계심이 많으니까.

솔직히 요즘 와서 든 생각인데
그때 한 번 과제 같이 할 때
내가 좀 이기적으로 행동했어서
그 당시도 상당히 찔렸었다.

그랬던 내게 네가 먼저
다가와 주었다는 게 정말 신기하다.

잠 온다.
하-. 너랑 내 시간은 분리할 필요가 있는 데.
상담에 이것까지 하면 벌써 몇 시간이다.

그래도 행복하니까 그 행복 파워로 퐈이어해야지.

만남 ──────────────────────────────

왠지 이제 시다 노래다
그런 게 다 없어진 것 같애. 내 영감이?!

꼭 너한테 하고픈 말 여기에 두서없이 쓰는 것 같아.

우연이 필연이었다는 것.
너무 이르게 안 기분. 아까운 기분.

네게 들었다면 더 떨렸...으려나
어떤 마음이 밀려왔을지 궁금해.
이젠 뭐.. 이것도 나쁘진 않지.

들어보니 너도 나도 너무 겁쟁이네.
서로가 서로에게 부담줄까봐 걱정이라니
으아아~~ 이제라도 알아서 다행이야.

솔직히 같이 있을 수 있는 시간이
그렇게 많지는 않으니까

맘 졸이다 아깝게 흘려버리는 것 보단
조금은 덜 숙성된 치즈를 먹더라도
빨리 알아가고 싶어.

조급했던 게 아니었으면 좋겠다.
생각해보니 나 상담에 대해 기도하지 않았어.

아버지 귀하게 이끌어 주세요.
선하게 이끌어 주세요.
주의 뜻대로
다만 가능하다면 제게 가득한 행복을 부어주시옵소서.

―――

너랑 같이 졸업하지 못해 서운해.
음. 진짜 그래.

그래도 너 덕분에
아직 짧은 함께 함이지만
행복해.

살면서 자신의 생각, 가치관, 속마음
이런저런 이야길 나눌 수 있는 사람
만나는 게 하늘에 별 따기인 거 알아.
그래서 더욱 감사해.

솔직히 한껏 자랑하고 싶다가도
나 혼자 그 순간을 음미하고 싶고
그래.

으아 그만하고 공부해야겠다.
처음의 글을 기억해.

소중하니까 더욱 소중히 대해야지.
그러니 내 일 할 땐 더욱 몰두!!

그래도 간간이 너는 어떤지
어떨 때 내 생각하는 지
궁금해.

지금에 와서야
나도 한 사람으로서 인정받고 존중받고
그런 기분.
나도 소중한 사람이구나.
하고 뭔가 깊숙이 새겨져.

좀 더 삶에 있어
당당히 내 모습대로 행동할 수 있게 된 것 같아
고마워.

계속 대화할 수 있으면 좋겠다.

———

물든다는 것

나도 모르는 새
차츰차츰 닮아가고
살짝살짝 당신이 되고

조금씩 편안해진다는 것

———

조금 우스울 수도
이기적일 수도 있겠지만

네가
나보다 아주 조금이라도
더 큰 마음을
품고 있으면 좋겠어.

————

맙소사.
글 대화와
말 대화는
엄청 다른 거였어.

다른 의미로 대화를 못 하겠는데
어떡하지
온 몸이 떨려

그건 두려워.
여기까지만. 제발.

———

내가 조금은 더 네게 도움되는 사람이길 바래.
너랑 이야기하는 데 차분해지는 것도 오랜만.
아마 깊고도 진지하다면 진지한 말들이어서 그랬을까.
흠 잘 모르겠네.

사실 내가 네게 조금은 욕심나는 사람이길 원해.
너도 알다시피 내가 표현이 좀 많은 걸
그에 네가 날 쉽게 여기고
당연하게 여기지 않았으면 해.

그런 사람 아닌 거 알고 있지만
아니 과연 내가 그런 말할 수 있을 정도로
오래 안 건 아니지만

그래도 네가 보여준 너를
알아가고 있다고 생각해.

시간이 부족하다 재촉하지 않을게.
그러니 나의 마음 소중히 여겨줘.

음... 뭔가 이런 생각을 했어.

나와 있는 시간이 즐겁고 행복하면

네가 날 더 소중하게, 귀하게 여겨주지 않을까..하고.

하하. 내가 지금 그러니까.

어떻게 하면 널 더 행복하게 해 줄 수 있을까..

것참, 정말 행복한 고민이네.

———

말에, 생각에 속는다는 걸 믿어.
그럴 수 밖에.
생각이, 모든 걸 바꾼다는 말 많잖아?
그 말은 곧, 생각이 진실로 뿅!하고 분장해서
그에 속았다는 거랑 마찬가지라고.

그래서... 안 속으려고 하는 데...

내가 너한테 드는 마음은
없었던 것에 대한 집착인걸까
아니면 정말 처음 만난 진심인걸까.

진심일까..란 생각이 들다가도
내 눈은 널 쫓는 데 그러지 않는 너를 보면
아.. 그냥 오랫동안 바랬던 사람.
그래서 좀. 제법. 특별한 사람.
그렇다고 믿고 싶어져.

진짜 네 마음을 알고 싶어.

내가 너에게 얽매여 있을 순 없잖아, 안 그래?
나랑 대화가 끝난 후에도 네가 날 생각하는지 궁금해.

짙어. 내가 숨쉬기 힘들 정도로.

도망쳐 버린 이유가,
사실, 내가 가 버린 게,
너한테서 친구란 말 듣기 싫어서 일지도.

몰라 몰라
정말 몰라

이 감정은 어디서 비롯된 건지
생각의 시작은 무엇인지
나에게 넌 뭔지

널 행복하게 해 주고 싶은 반면
네가 내 생각에 마음이 시끄러워 지길 바라기도 해.

알아. 이 정도면 네가 나에게 그냥 친구는 아닌 거지.
아니면 내가 또 내게 속은 거야?

―――

어슴푸레한 밤에
가만히 만나 속삭이고

색깔 옷 입고 아웅다웅거리며
구름이 바삐 해와 함께 밀려온다

차가운 바람이 온화한 요람이 되어
슬그머니 나를 껴안고 스치어 가네

아- 지금 순간을 한껏 붙잡아
행복하고 소중하다 꼬옥 포옹하고파

피이- 작은 새가 빼꼼 고개를 내밀며
갸웃거리다 훨훨 날아가네

한 가닥의 실이 엮이고 또 엮이어
단 하나뿐인 연에게로 이끌어주네

정말 그립고 그리워질 이 순간과 너는
가득한 마음의 필름 속 사진이 되어

스륵 너와 나의 모습 새어나오면
물밀 듯 행복한 기억이 함께 흘러넘칠거야

그때에 너와 눈을 맞추며
그땐 그랬지 행복했었지

지금도- 라고
속삭이고 싶다

———

솔직히, 그냥 같이 있는 것만으로도
엄청 풍요로워진다고...

눈은 잘 못 맞추지만
너의 움직임, 말씨, 공기의 흐름

그 순간들 속에
점점 점점 녹아들어가.

정확한 건 몰라.
너와 있으면서 이제 뭘 계산하는 건 하지 못해.
사실 처음부터 그랬긴 하지만..

신기하게 네가 부담스러운 적은 없어.
좀 더 솔직해 지자면 엄청 쑥쓰러워서.. 그런 거겠지?

매일 내일이 기대된다니! 동시에 너무 아까워..
너랑 있을 수 있는 시간이.. 줄어드니까-.

알아.
이젠 이미 서로 아는 듯해.

아마 이건 사랑이 아닐까..?하고
생각해 보다 고민에 빠지다
또 나름의 결론을 내 가고 있겠지.

나 제법 똑똑하다~?
근데 너도 만만치 않을지도.

너가 하는 말 듣다가 계속 깜짝깜짝한다고..
너 지금 다 알고 하는 말이지~

이제 공부해야겠다.

너랑 있는 순간들에
결코 아쉬움 없는 떨림과 행복이 가득하길 바라.

또, 너도 그러길.

———

진짜 진짜 진짜 행복해.

11.14.
아무것도 아닐 수 있던 날, 내게 가장 행복한 날이 되다.

나도 정말 아주 많이 사랑하니까
조금만 기다려줘요.
더 많이 표현하고
더 많이 행복하게 해 줄게.
약속해.

———

하나님 아버지!

어떻게 이리도 편안하고 잔잔하고
간질이듯 행복할 수가 있는 거죠?
정말.. 마음이 충만해요

이야기를 나누든 그러지 않든
함께 있는 순간순간들이 너무도 좋아요.

하나님 정말 감사합니다.
이런 순간들 허락하심 감사합니다.

귀한 시간들, 귀하게 보낼 수 있도록 이끌어 주시옵고
서로가 서로를 더욱 아끼고 사랑할 수 있도록 붙들어 주시옵소서.

나의 많은 모습을 사랑해 주는 사람 허락하심 감사합니다.
할렐루야!

예수 그리스도의 이름으로 기도드립니다. 아멘.

─────

아아 아버지.

철없던 때의 수많은 기도.

친구가 있으면 좋겠다.

같이 있는 것만으로도 행복하고 싶다.

나만의 사람을 갖고 싶다...

전혀 예상치 못한 순간에 만나

가득 가득 한 가득 젖어들어가고 있어요.

그러면서... 그 아이가 나만의 사람이면 좋겠다는 마음과 함께..

내가 그 아이만의 사람이면 좋겠다고.. 그런 마음이 더욱 커져가요.

아버지 감사합니다. 정말 행복해요.

그만큼, 더욱 귀하게 소중하게.. 대하고 싶어요.

그러니 주여.

각자의 시간에는 그 시간에 더욱 몰두하고 노력하며

최선을 다할 수 있도록 독려해 주세요. 아버지.

만났을 때 더욱 당당하게 행복해질 수 있도록..

그리고 우리를 위한 주님이 아닌,

'주 안에서 우리'됨을 잊지 않도록,

주님을 놓치지 않도록 주의 사랑으로 지켜주시옵소서.

이 모든 순간 허락하신 주님께 영광 돌리며

예수 그리스도의 이름으로 기도드립니다. 아멘.

———

아버지 아버지.
바닥에서 휘청이는 제 몸을 굳건히 붙들어 주시옵고
기력 회복시켜 주시옵고
그 아이와 제 자신 구분할 수 있도록 도와주시옵소서..

내가 더 좋아하고, 맞춰주고 하는 게
나쁘다거나.. 내가 부족하다거나 그런 건 아닐텐데 말이죠..

조금 더 솔직해지면 아직 이 아이가 제게 있어 '남자'인건지
남자 아이라서 낯설어 혼동하는 소중한 사람인건지 잘 몰라요.
놓치고 싶지 않아요. 그게 꼭 사랑인가요?

자꾸 기댈까봐 무섭고 그에 지쳐 할까봐 두려워요.
나에 대한 마음 얼만큼인지 궁금해요.

다 처음이고, 솔직히 꿈꾸던 친구로서도 처음인 걸요.

제가 욕심쟁이인 건가요? 어디까지 바라고 원해도 되는 거죠?
그냥 걱정 보단 솔직한 감정 그대로 젖어있어도 되나요?

좀 더 알고싶어요. 그 아이 생각 듣고싶어요.
사실 전 제 자신에 대한, 자신이 없는 걸요.
너는 나의 무엇을 보는 걸까요..

그래도 아버지. 서로가 각자의 시간에
열심을 다하게 지켜주시옵소서.

나의 주 나의 하나님.
예수 그리스도의 이름으로 기도드립니다. 아멘.

———

그냥 깨끗이 씻겨진 기분.
상쾌하거나 어떻다란 마음은 잘 모르겠지만

그냥 막 멀건해진 기분이야.

음. 언제부턴가 이해라는 걸 딱히 바라지 않은 듯 해.
체념이라기 보다는 그냥 되풀이되는 시간 속 납득이랄까

나름의 정리와 결정을 통해 상황에 맞게 행동하며
상처받고 또 넘기며 제법 꿋꿋하게
홀로 해결하며 사는 게 익숙해졌어.

그런데 확하고 갑자기 나타난 네가
나의 많은 이야기를 들어주고 생각을 나누고 공감해주고
무엇보다 나의 그대로를 너무나 아껴주어서

막 행복해지고 또 낯설어지고
이게 뭘까.

―――

내가 잘하고 있다고
기특하다 예쁘다 사랑한다

낯설고 설레는 수많은 속삭임.

이해받고 갑자기 터져나오는 울음이 왠지
나도 의아하고 당황스럽고 막 마음이 욱씬욱씬했어.

네가 정말 어디서 내게 온 걸까.
한 가득 꼬옥 안고 싶어.

눈 맞추고 네 아이같은 웃음도 보고
또 눈 감고 네 향기에 물들고 싶기도 해.

맞아 아직 난 잘 몰라.
왔다갔다 어지러운 나 때문에 네가 조금 힘들지도.
뭔가 네 표현 강도가 점점 약해진다? 조심스러워진달까.

그걸 느낄 때마다 네 배려가 고맙고 동시에 좀 아쉬워.
가득가득해주면 나도 쑥쓰러움 참고
조금씩 더 표현할 수 있을 것 같은데
내가 너무 욕심부리나?

뭔가 네게 좀 더 어리광 부리고 싶어지네요.

———

사실 네가
내가 어떻게 선택해도 좋으니 기다리겠다고 한 말

'네가 날 좋아하지 않아도'라는 말이 너무 아팠어.
느리지만 착실히 네게로 가고 있어요.

내가 원래 앞으로를 상상한달까? 그런 것도 잘 안하고
현실을 상상하지도 않아요!
그런데! 너와 있는 시간을 그려보고 있다고요!

친구로서가 좀 더 강하다고 했지!
이성이 아니라고는 말 안 했어요!

나도 뭔가 마음? 말? 잘 정리가 안 되어서
'명확한' 전달을 해 주지 못해 미안해요.

뭔가 이 말들 네게 꼭 전해야 할 듯 한데..
글로 주면 내가 열심히 공부 안한다고 속상해 하려나..

같이 있고 싶고 또 보고 싶어요.
난 거짓말 안하니까! 믿어도 돼요!

아직까지 네 마음만큼 달려가진 못하고 있지만,
그래도 날 놓지 말아요.

네가 있어서 참 행복해.

———

보고 싶은 널
한 가득 기다리고 있어

초침은 움직이는 데
마치 시침과 분침은 멈춘 듯
느리기만 하네

이제면 널 볼 수 있을까
볼 수 있을까
눈 맞출 수 있을까

지끈거리는 피곤함 속에서도
네가 아른거려
꿈 속에서도
난 널 찾아

10일만의 만남이야
으.. 내년이면 이런 10일이 모이고 모이고 또 모일텐데

네가 그리워서 어쩌나
벌써 걱정 한 가득이야

그러니까 지금 볼 수 있을 때
가득 널 담고 웃고 순간을 나누고 싶다

차곡차곡 쌓여 서로를 계속 이어줄 끈이 되길
네가, 내가 서로에게 계속 사랑스럽길

———

대체 얼마나 많이
그림을 숨겨놓았는지
바보같은 나는
이제야 사랑을 찾았다

곱씹을수록 너의 마음이 묻어나는 말씨
동글하고, 똑바르게 쓰려 열심이었을 모습이 선해지는 글씨

다음날에야 발견한 숨겨진 내 이름
또 기적적인 인연

나도 그러함을 네게 알려주고 싶어
급히 쪽지를 보냈다

그리고 일주일이 넘어 발견한
하트 모양의 풍선..일까 네 마음.

계속 보고 있었는데도
너의 그림인줄 몰랐더랜다

자연스레 녹아들어 있어서,
마치 너와의 만남 후 네가 스며든 것처럼
그렇게 눈치채지 못하다 깨달아 버린 것처럼

아, 네가 보고싶다
어제 이런저런 얘길하다 설핏 눈에 담긴 네가
정말 예뻤다. 순간 모든 것이 멎을 정도로.

살짝 쑥쓰럽게도,
나와 있을 때만 이렇게 사랑스러워지면 좋겠다..
라는 생각이 들었다.

―――

네가 보는 세상은 어떤가요?
너의 눈으로 한 번
바라보고 싶어져요

있지 있지..
난 네 말을 잘 들어주고 있나요?
경청해 주고 있어요?
존중해 주나요?

혹 나의 말이
너무 한 가득인 건 아닌지
네게 버겁진 않은지 걱정되어요

나도 나도.. 네가 궁금한데..
아무래도 듣는 연습을 해야만
할 듯 하네요..

―――

반짝반짝 반짝이는 사랑스런 별빛들이
한 가득 네게로 가서
네가 그리도 사랑스럽고 반짝이나봐

살랑살랑 살랑이는 어여쁜 꽃잎들이
향긋한 꽃내음 품고 날 설레게 해

자꾸만 휘청이고 포옥 웅크리고
막 그러는 것은
아직도 이 순간이 낯설고 떨려서 그래

토박토박 투벅투벅 조금은 주춤거려도
네게로 가고 있으니까요
그건 분명하니까요

계속 나와 함께 눈 맞춰줘요

자연스레 남자친구란 말을 떠올리다
이내 흠칫한다.

맙소사. 나에게 그렇게나 소중한 사람이 생기다니.
아직도 낯설다.

데이트..란 말도.
엄마와의 데이트, 친구와의 데이트가 아닌
무려, 내가 좋아하는 사람과 함께 하는..!!

설레고,
이렇게 행복해도 되나 조금은 두렵고,
다시금 행복해진다.

즐거운 게, 욕심과 나의 이기주의가 조금은 사랑스럽게 발동된다.
네가 행복해야 내가 행복하기에
지금을 잠시 참고 견디는 인내를 배웠다.

또.. 끝없이 네가 궁금하다.

어떤 사람인지, 어떻게 생각하는지 더없이 알고 싶다.
이해해주고 포용해주는 사람 되고 싶다.

네가 내게 그랬던 것처럼.

네가 내게 정말 크다. 어찌해야 다 감당할 수 있을런지
네가 자꾸 흘러넘친다.

더 더 더 내 곁에 있어줘요.
오래오래.
기왕이면.. 영원히

―――

'이성으로서 좋아하게 되는 것'이 궁금하고,
어찌 구분할 수 있는지도 알고싶어
이리저리 물어보고 다녔던 때가 있다.

그 중 공통되었던 점 중 하나가
바로 '두근거림'이었다.

이를 떠올리고 조금은 어레.. 했다.
내가 두근거리는지..? 잘 모르겠어서.
덕분에 더 아리송해져서 깨닫는 데 더 오래 걸렸다. 에고..

그런데 오늘, 왜 몰랐는지, 왜 못 느꼈는지를 깨달았다.
전화를 끊고보니.. 가만히 웅크리고 있다보니..
심장이... 정말 빠르게 뛰고 있는 것이 느껴졌다.

아.. 너와 있으면 계속 두근거려서, 더 떨리고, 설레서.
그래서 이게 빠른지 어떤지 조차 인식하지 못하고 있었구나.. 하고.
깨닫게 되었다.

그러면서 든 생각.

헤.. 네가 나보다 더 두근거리고 있으면 좋겠다아, 라고.

많이 많이 좋아합니다~~.

———

널 생각하는 것만으로도
가슴이 뛴다.

한 번 자각하고 나니
마구마구 달려가 버린다.

아고. 심장에게 운동이 필요해~.

————

12.17.

p.s. 첫 데이트는 12.2.

그땐 내 면접 시즌이라.. 살짝 쿵 정신없었다..

첫 데이트 같은 두 번째 데이트~

같이 밥을 먹는 데 너무 두구두구해서 정신 차리기 힘들었다..

뭔가.. 계속 드는 생각이지만

난 들어주는 걸.. 많이 연습해야 할 듯하다.

그리고 이야기 이끌어 내기도!

네가 정말 정말 궁금한데..

정신 차리고 보면 내가 얘기하고 너는 듣고 있다아.. 흑.

네 목소리 참 예뻤다. >< 노래 잘 불러! 살짝 미성이야!!

귀여워~~>< 아, 랩 진짜 잘해서 깜짝 놀랐다.

윽.. 난 혀가 꼬여..하핫.

난..흑. 여러 번 삑사리.. (동공 지진...)

그래도 그래도 따스해지던 그 순간들이 참 좋았다.
날 보는 눈빛, 배려, 웃음, 말들도.
모두 다 정말 따뜻해서 가만히 잠겨있고 싶었다.

갑자기 네 글씨가 생각난다.
또박또박 예쁘게 쓰려 열심이었을.. 네 모습이 떠올라지는,
그런 사랑스런 글씨.

뭔가, 난 말의 표현으로서 내 마음을 전하고
너는 이모티콘 하트로 전하고..

내 방식이 아니다고 불안해 하지 않고!
그 아이의 마음을 계속 똑바로 직시하고 그에 행복감에 젖는..
그런 순간들을 반복하고 싶다.

하아.. 벌써 네가 보고 싶다.

———

네 눈빛이 참 좋다.
너와 눈 맞추고 있으면
내가 사랑받을 수 있는 존재구나,
또, 너가 날 정말 행복하게 해 주는구나..

여실히 느낀다.

———

너가 어떤 마음으로 사랑한다고 말하는지 궁금해.
좋아하는 게 깊고 깊고 또 더욱 깊어지면 그것이 사랑인걸까?

네 처음 고백을 기억해.

글로 담아내는 것도 아까울 정도로 귀하고 행복했던 말들.
그 말들과 함께 넌 내게 사랑한다고 했어.

사실 우리가 얘기를 시작한지 약 3주 반. 짧다면 짧지만..
그럼에도 서로의 많은 모습을 알 수 있었고
마음 됨됨이를 느낄 수 있었기에
좋아하게 된 것도 그리 갑작스러운 것은 아니었으리라 생각해.
어쩌면.. 정말 자연스러운 끌림이었을지도.

그렇지만 난 처음 느끼는 감정과 순간들이 낯설고,
또 너무나 떨리고 설레서..
자꾸만 주춤거리고 움찔거리는 것만 같아
조금은.. 미안할 때도 있어.

이런 내게 한 가득 행복과 벅참을 안겨주는 너.

나도 너에게 그런 존재가 되고 싶은 데.
떠올리기만 해도 미소가 슬며시 번져가는..
그런 행복을 줄 수 있는 사람이 되고 싶어.

너의 표현과 닿음과 눈빛과 모든 배려들이
숨이 자꾸만 멎을 정도로 행복하고 두근거리게 하고
또 널 더 마음에 담게 해 줘.

나의 사랑스러운 당신. 정말 정말 좋아해요..
하아.. 어떡하죠? 벌써 당신이 또 보고싶어져요..

———

네가 빌려준 옷에 네 향기가 배어있어..
마치 포옥 안긴 것만 같았다.

설레기도 했고
보호받는 기분도 들어
괜시리 좀 더 당당하고 든든한 마음도 들었다.

덕분에 많이 위로가 되었어.
고마워.

나도 나름 욕심 있는 사람이라
살짝은 예상한 결과였음에도
조금은 슬펐다.
아니, 사실은 제법..일까나?

내 메시지 받고
바로 전화해줘서 고마워.

네 말 사이 공백들이
너무도 따스해서 참 행복해졌다.

화려하고 재빠른 위로 아닌
누군가는 서투르다 할 지 모르는

어쩔 줄 몰라하는,
말을 고르고 고르는,
날 믿어주는

너의 배려와 상냥함.
담백한 위로.

네 맑은 진심이
정말로 예쁘고 따스해서
참으로 좋았다.

———

12.25. 성탄절   세 번째 데이트.

너의 첫 시다.
사랑스러웠다. 동시에 살짝 쑥쓰러웠다.

네게, 이렇게나 어여쁜 존재로 여겨진다는 것에
기쁘기도, 설레어 웅크려지기도 하더라.

나의 사랑스런 당신.

널 더 알아가고 싶고 이해하고 싶다.
무엇보다도 네가 세상에서 가장 행복한 사람이 되도록..
아껴주고 사랑하고 싶다.

흐..아.. 이제는 시인지 네게 쓰는 편지인 건지 알 수가 없다.
경계가 모호해졌다.

원래는.. 내 마음을 적던 공책이었는데..
자꾸만 네가 내 마음을 채워 가서.. 그런가보다.

몹시도 네가 보고프다. 잠도.. 제법 온다.
꿈 속에서도 널 만나면 좋겠다.

랑, 너도 나의 나비야. 사랑스런. 단 하나뿐인. 사랑해요.

———

사실 이러면 안 되는 걸 안다.

너의 상냥함에 너무 기대어 버려,
나도 모르는 새 네게 상처줄까봐 두렵다.

또.. 바쁜 네게 투정부려 지장을 줄까봐..
두렵다.

난 내게 화가 많은 사람이다.
내가 원하는 나의 모습, 나의 대처..
잘 이뤄지지 않을 때 화가 난다.

그래, 사실 화가 나도 괜찮다.
다만 그 화가 나 스스로에게 난 것인데
그걸 모르고 다른 이에게 풀어낼까봐,
또 그것이 네가 될까봐 겁이 날 뿐이다.

오늘만 해도 그렇다.

이성적으로 생각하면 네가 밥을 먹을 수 있었으니 좋다.
그런데 난 이리저리 걱정하고 발로 뛰어가며 노력했는데
그럴 필요가 없었달까? 내가 도움이 되지 못했달까?
그런 것이 서럽다.

그나마 다행인 건 널 만나기 전에 생각을 정리하고 알아내어
네게 속상한 말 주지 않았다는 것.

네가 아픈 게 싫다.
상처주기 싫다.

힘이 되는 사람,
생각만 해도 웃음이 나는 사람이 되어주고 싶다.

그런데 못난 나는
자꾸만 네게 걱정될 이야기만 하는 것 같아..
싫다.

내가 상처받지 않았다면
건강했다면 그랬다면..

네게 더 힘 되어주는 사람일 수 있었을까?

떨어지는 것의 불안함과
내 안의 어두움과 상처가

너를 지치게 하고
또 내게서 너를 멀어지게 할까봐
무섭다.

꼭, 내가 더욱 더 겁쟁이가 되는 것만 같아.
어찌하면 좋을 지.. 정말.. 모르겠다.

―――

초반에 그런 생각을 했지-.
내가 불안하고 막 그렇게 될수록
더 네게 사랑스러워지자고.

불안해하는 티
무서워하는 티 내다가
지치게 만들 까봐.

그러는 대신
더 어여뻐지고 하면.. 될 거야 라며.

근데 생각과 실제는 좀 다르네.
눈물나게 두려워.

우리와 비슷한 상황의 아이들이
서로 사이가 좀.. 안 좋게 되고 하는 게 보이니까..
더 그런 가봐.

저들과 우리를 구별해야 되는 데 말야.

네가 보고싶고
보고싶지 않고
또 보고싶어.

널 보지 않으면
꼭 말라가는 것만 같은데,
널 보며 웃을 자신이 없어서
걱정 끼치기 싫어서

나 좀 달래줄래요?
웃어줄래요?
계속 있어줄래요?

───

너를 통해 나를 알아간다.
또 내 삶의 방향을 배워간다.

너의 그 진실한 경청
아낌없는 사랑과 베품
올곧은 너의 마음과 행함에

감격스러울 정도다.
벅차서 어찌 숨 쉬어야 하는 지 잊을 정도다.

너의 그 사랑스러움을 닮아가고 싶다.

―――

너와 겹친 수많은 시간..
글에 담는 것조차 아까워
내 마음에만 품었다.

하루에도 수백 번씩 네가 그립다..
또.. 내가 밉다.

네게 사랑만, 행복만 주고 싶은 데
나의 어린 마음은 자꾸만 네게 투덜되는 것만 같아..
약간은 답답하다.

서운한 마음보다는 사랑하는 마음이 훨씬,
훨씬 더 크지만..

켜켜이 쌓여가는 감정이 살짝 두려워진다.

내가 잘 이겨낼 수 있을까?
포용할 수 있을까?
버텨낼 수 있을까?

너가.. 내 곁에 올 때까지
그냥.. 사랑하는 친구 정도로만 물러나 있을까..

그렇지 않고선 너와의 넉 달도 채 안되는 시간들로
긴 시간을 버텨내긴 힘들 것 같다..

＿＿＿

있잖아요..
확실히 난 상상력도 제법 많기에
그려보는 미래 중 무서운 것도.. 슬며시 떠오르죠.

반복될지 모르는 기다림 속 버팀.
어느 새 이에 익숙해질지 모를 너.
바빠보여 서운함만 쌓아두다 울지 모를 나.

이런저런 불안감에 때때로 웅크리게 되죠..

그렇지만

날 미소짓게 해 주고
내 힘듦이 더 힘들다 하고
내 행복에.. 행복하다 말하는 너..

그런 따스한 당신을
다시금 새기고 살짝 기대어보면서

다시 배시시 웃고
또 방방 뛰어요

흐아.. 벌써 또 보고싶네요..

응.. 불안에 조금은 떨지도 몰라요.
그래도 당신이니까,
날 정말 사랑해 주는 랑이니까..

행복과 설렘으로 그 나날들을.. 기다릴게요 :)

———

머리 아픈 거 싫어해요.
보통 유쾌하지 않은 생각들이 날 힘들게 하죠.

당신과 이 지끈함이 함께 하길 원치 않아요.

사랑은 인간관계.
이를 되뇌죠.

같은 시간을 걷지 못한다는 거
생각보다 힘든 일인 것 같아요.

왠지 모를 서운함이 쌓일까 염려되네요.

확실히, 당신 말대로 난 좀 더 자립할 필요가 있을 듯 해요.

당신과 같은 사람 만났음에 기뻐하며
내 일에 몰두하고 춤추고 노래하며,
난, 더 이상 남 때문에 날 소진시키기 싫어요.

그러니까, 당신이 소중한만큼
기다림으로 인해 지치지 않도록,

당신보다 날 더 아끼고 사랑하며
즐겁고 개운하게 살래요.

나 이런 멋진 하루를 보내었다 당신에게 자랑하며,
당신이 하루라도 빨리 이 나날들을 나와 함께 하고 싶다고
간절히 바라도록,
정말 후회없이 살아볼 거에요.

———

좋아한다는 말은 부족한데
사랑한다는 말은 아직 벅차다

사랑.. 이라

낯설지만,
하루 빨리 가까워지고픈.. 마음이다.

―――

자꾸자꾸 그런 생각이 든다.

으~~

랑 콩깍지 영원해라~ ><

―――

내게 주는 많은 애정과 표현들이
참으로 설레고 행복하고
몽글몽글해진다.

내가 행복해지길 바란다고,
지금 행복하냐고
잊을 즈음 되면 툭 하고 말해주는 당신.

정말 따스해지고 마음이 벅차진다.

어떻게 이렇게나 날 아껴줄 수 있을까..

나도 당신께 그러나요?
행복을 주나요?
살아갈 힘 주나요?

가득가득 그대에게 기쁨과 사랑, 행복이 충만하길.
간절히 기도해요..

———

개구쟁이 랑은 조금 위험하다..
흐아...

으... 나도 반격하고 싶은데!
마구마구 두근거리게 하고픈데!

그런데..움.. 조금 벅찰 때는
어찌해야 하나 싶다.

원하는 마음과 달아나고픈 마음이
서로 투닥댄달까?
그런데 너무 두구두구하면..

조금은.. 조금은 어지럽다.

———

나의 수 많은 글을 읽어보았어.

그 속에 담긴 너가 참으로 다정하고 사랑스럽네.

감사해요.. 정말..
내 곁에 와주어서...!!

그리고 나의 이 가득한 표현들..
사랑으로 받아줄래요?

소중히 해 주지 않으면
크르릉 해 버릴 거야!

한 때
사랑받고 싶었던 꽃이
한 송이 있었다.

한 가득 양분을 빨아들이고
힘겹게 물을 흡수하고 끌어올리며
찬란한
꽃 한 송이 피어내었더라.

허나 누구 하나 감탄하지 않았고
작은 아이 하나마저도 다가오지 않았더라.

슬픈 꽃은
아, 내게 향기가 부족하구나 하고
더욱 더 자신을 갈고 닦았다.

시간이 흘러
눈물과 땀방울이 한 가득 스며들던 어느 날
꽃은
지쳐버렸다.

버려지지 않는 그 마음을 애써 외면하며
이 또한 나쁘지 않다고
고고하게 살아가 보겠다며
이를 악물고 다짐해 보았다.

힘들었더랬다.

아팠더랬다.

어느 새
많은 것이 희미해질 무렵
하얀 나비가
찾아왔다.

빛을 받으면 하얗게 부서질 듯 빛나는 날개에
순간 숨이 멎을 뻔했더라.

꽃은 다가가고 싶어졌다.
그러나 지금껏 열심히 내린 뿌리는
바람에 살랑이는 것 외엔
그 어떤 것도 허락치 않았다.

꽃은 다급해졌다.

눈물이 날 것 같았다.
처음, 처음 다가온 이였다.

낯설었고
동시에 사랑스러웠다.

그런 꽃에게로
하얀 나비가 내려앉았다.

울고 싶은 향기였다.
숨겨놓은 마음 한 켠을 간질이는,
뭔가 포근하고 아련한 그 향기가
꽃을 흔들었다.

알 수 있었다.
이는 위로였고 치유였으며
따스한
사랑이었다.

그제서야 비로소
꽃은 자신이 시들고 있었음을
깨달았다.

자신을 마주하고
스스로를 다독일 수 있었다.

그리고
지금까지 잘 해내주어 고맙다고
마침내 고백할 수 있었다.

꽃은 다시금 온 힘을 다했다.
이번에는 남이 아닌 자신을 위해서.
그리고..
자신의 행복을 나의 행복이라 말해주는..
소중한 하얀 나비를 위하여.

한 망울의 꽃이
새로이 피어올랐다.

아직은. 아직은
꽃잎 속에 숨어 있지만은.

그래도 느낄 수 있다.
자신은 사랑받고 있었다.

포근한 흙과 따스한 햇빛,
적셔주는 빗방울과 싱그러운 바람이
그때도
지금도
이렇게나 아껴줌을.

이를 깨닫게 해 준
하얀 나비에게
소중한 그대에게
사랑하는 그대에게

작은 꽃망울을
조금씩 살그머니 펼쳐본다.

———

02.08. 고등학교 졸업식.

결국.. 오지 않을 것만 같았던 날이 왔다.

아직도 약간은 멍..하고
살짝은 시큰하고 허한게
음.. 실감의 경계에 아슬아슬하게 있는 기분이다.

소중.. 하다면 소중한 많은 인연들,
아프기도 했던 눈물들,
한숨, 때로는 울부짖음.

수 많은 괴로움 속에서
숨겨진 행복을 찾고 웃으며
열심히 살아보려 했던 나날들이 스쳐온다.

그리고.
예상치 못한.
선물들.

내가.. 너무나 많은 가시들을
세우고 살고 있었나 보다.

밀려오는 감사함에 울컥.
또.. 그리울 너로 인한..

네 말에 동의한다.
나도.. 많은 아픔에 깨져보아야
성장할 수 있다고 믿는 사람이기에.

과거를 조금은 시큰해도 기쁘게 받아들일 수 있는 이유,
지금의 내가 되게 해 주어서, 그게 참 감사해서.. 그렇다.

그럼에도 다시 겪어야 할 성장통이 조금은, 아니 제법 두려워
멀찍이 발을 빼 보려 한 건 아닐까 싶다.

그래도 그럴수록 더 부딪혀 봐야겠지?

난 하나님 딸이니까 끝은 항상 Victory!
주의 영광과 기쁨
놓치 않고 붙들며 살아갈 거다.
그럴 때 더욱 당당히 부서져 가며
마침내 자랑스러운,
주 앞에서 부끄럽지 않은 나 자신이 되어가겠지..
라고 믿는다.

이런 믿음과 무모하다 싶을 정도의 용기
다시금 다지게 해 준 네게 감사한다.

그리고..
너를 선물해 주신 하나님께..

주여, 모든 영광과 존귀 받으시옵소서.
할렐루야!

아버지, 그리고 전 잊지 않을 거에요.

그 아이와 나를 분리하고 오롯이 그 아이로서 존중하고,

나로서 스스로를 존중해 줄 거에요.

함께 있지 못하는 순간에도 스스로 행복할 줄 아는 사람 될 거에요.

나중에 다시 만났을 때 충전해 놓은 행복을

가득가득 랑에게도 줄 수 있도록.

더 날 아끼고 사랑할 거에요.

―――

흐으..보채지 마요..
요즘에 더더욱 그러던데..

숨기지 말고 말해봐요.

불안해서 그래요?
아니면 단지 정말 오랜만이라서?

당신은 자꾸만 숨잖아요.
나 들어줄 수 있는데 이해할 수 있는데

당신만 자꾸 듣고 알아가고
치사해요.

나 이제 가는 거..
어떻게 생각해요?

당신은 내게 행복하라고 응원해주는 데..
그 외에 다른 마음은 정녕 없는 거에요?

내가 당신을 걱정하게 해 줘요.
배려하게 해 줘요.

그러지 않으면 너무나 많은 어리광을 부리게 될까봐
당신의 신호들을 놓쳐버리게 될까봐
두려워요.

당신이 나 몰래 숨어서 아파하는 거
원치 않아요.

———

02.25.

어제, 동구에 있는 대왕암 공원에 갔다왔다.
랑이 아니었다면 그 먼 거리를 갈 생각을 과연 했을까.. 싶다.

공기 속 약간의 짠내
차가운 바람
지저귀는 새들과
산의 소나무, 바다

산과 바다가 서로의 옆에 존재하는,
묘한 매력.

에메랄드 색이 저와 같은 지,
지금까지 보았던 것과 다른 푸른색.

저 멀리 바다와 하늘의 경계가
흐릿해지는,
멍하니 보다 보면 끌려가지는.

커다란 암석과 울퉁불퉁 절벽인 건가 싶은..
그런 곳.

옆을 보면 랑이 마주 보며 웃어주는..

살짝은 시린 듯 시원하고 들뜨기도 울먹해지기도 하는..
오래 헤어져야 할 날의 전 날.

그리고 오늘.

당신이 많이 보고 싶을 거에요.

날 보는 오롯한 눈빛
웃을 때 살짝 떨리는 눈꺼풀
휘어지는 눈매
빙그레 올라가는..
당신의 어여쁜 모습들이.

많이. 그리울 거에요

열심히 하자는 서로의 약속 기억하며
우리 둘 다 기쁘고 즐겁게 살아갈 수 있기를.

사랑한다고.
계속 고백할 수 있기를.

소중한 당신.
정말 좋아해요.

꽃들이 너무도 어여뻐서
나도 모르게 설레어 버렸다

새겨본다
되뇌어본다

곱다

네가 참으로
사랑스럽다

―――

오랜만의 만남.
분명 전날 내게 묻고 싶은 게 있는데
혹 만나서 할 이야기들 없을까봐 말하지 않겠다던 너는
오늘 그 질문들을 묻지 않았다.

바라보느라
당신의 웃음을 놓칠새라
그 온기가 떨어질까

조마조마하고
두구두구하고
행복했다.

시간이. 너무도 빨라 야속하더라.

———

지난주, 연달아 있던 과제가 끝나고 조금 한가해진 나는
자꾸 너를 곱씹는다.

아른거리는 네 미소, 목소리, 온기.

다 좋지만,
그래도 너를 직접 마주하는 것보다는 못해 아쉽다.

어제 너를 만났건만
자꾸만 비죽비죽 마음 틈새로 흘러넘치는 건

네 사랑이 커서일까
내 마음이 작아서일까

그래, 아마 널 온전히 품기엔
아직 내가 너무 작아서일 거다,

나도 모르는 새 떠올리고 야속해하고 설레어하는 것은
그래. 어찌할 수 없는 거다.

―――

당신이
내게 다가올 때
상냥하면 좋겠어요.

칫. 바보에요?
당신이니까 허락하고,
바라는 건데.

내 마음이 바뀔까봐
내 대답에 바로 급히 다가오는 건
뭐에요 정말.. 놀라잖아요.

조금만 조심스레, 상냥해 주세요.
당신의 다정함과 따스함을 오롯이 느끼고 싶다구요.

정말 부끄럽게..
이를 전할 수 있을지 원..

나의 많은 부끄러움은 당신에 대한 소극적 거부가 아닌
벅찬 두근거림에 어쩔 줄 모르는.. 당신을 향한 나의 마음이에요.

바보. 나쁜 것이 아니에요.

안아주세요.
토닥여 주세요.

다만 그 이상은
깊은 사이가 될 때까지
기다려 주세요

사실 이를 서로 알고 있다보니..
나의 앞선 부탁이 당신에게 힘듦이 될까
말하는 걸 망설이게 돼요.

혹 당신이 하나에 익숙해지면
그 다음을 바라게 될 수도 있을 거고
그때 내가 그를 받아낼 수 있을진 잘 모르겠어요.

상처 입고 싶지 않다는 건..
다소 이기적인가요..?

당신이라면..
이런 내 마음을 이미 알고 있으리란 생각도 들어요.
잘.. 모르겠네요. 다만, 올바르게 사랑하고 싶어요.

당신에게 행복과 행복이 가득하기를.

———

그 눈빛이 그리워요.

살며시 눈 끝이 휘어지고
그 두 눈동자에 다정함이 스며드는

아. 당신이 날 사랑하는 구나 하고..
깨달을 수 밖에 없는..

날 향한 당신의 그 반짝임을.

매일매일 마주하고 싶어.

―――

가만 보면 당신이 더 많이 표현하는 듯 해.

처음 고백할 때의 '사랑해'
천문대로 향하는 계단에서 머리 위로 그린 '큰 하트'
사회실 녹색의 칠판에 우주를 그리다 가운데에 그린 '노랑 하트'
수학실에서 내가 그림 그리고 있던 화이트보드에 그린 '파랑 하트'.

그때 갑자기 애들이 들어와서 무의식적으로 잽싸게 지워버렸는데
그 순간 당신의 표정이 얼마나 생생한지.
꼭 '어떻게 그럴 수 있어?!'란 말이 들려오는 듯 했어.
사실 하트 모양 따라 지웠는지라
나중에 '지운 게 아니라 내 하트를 위에 덧 그린거야!'라
말하고 싶었지만
당신이 너무 바빠보여 말하지 못하고,
혼자서 너무 속상하지는 않으면 좋겠다 생각했던 기억이 선명해.

또 항상 내게 예쁘다 귀엽다 말해주는 당신.
부끄러워 지면서도 동시에 정말 행복해져.
아마 다른 누군가 아닌 바로 당신이 말해주어서겠지.

흐아. 네가 나보고 어떻게 볼 때마다 예뻐지냐고,
임계점이 없는 것 같다고 말했을 땐 정말..흐아아...
치이. 너야말로 가면 갈 수록 더 귀여워지고 예뻐지고
반짝반짝해지는데.

보고싶다. 보고싶다. 질 수 없지!
나도 더 많이 표현하고 행복하게 해 줄 테야!

———

언젠가 나의 모든 글을
당신과 공유할 수 있는 날이 오길.

물론 많이 쑥스러우니까
꽁꽁 숨어 있을 거야! ><

―――

서운하다가도
당신의 사랑한다는 말에
모든 게 녹아버리는 걸.

불안, 걱정 모두 날려보내고
날 방방 뛰게 해 주는
참 소중한 당신.

———

띄엄띄엄 자라나기 시작한
꽃들이 바람에 살랑거려

하늘하늘 흔들리는 꽃잎이
마치 내게 인사하는 듯 해

안녕 잘 지내고 있었니?
겨울 지나 봄이 왔네

푸르른 풀빛이 세상에 스미어들고
흐드러지게 꽃이 피어

재잘거리는 새들과
희미하게 스치어 오는 목련향

꼭 힘겨웠던 날 없었던 듯 해
반짝이는 세상이 좀 낯설어

그래도 분명 추운 날이 있었기에
이리도 푸르르고 눈 시릴 듯 빛나는 것일 거야.

―――

04.26.
작은 글 하나 남기고 떠나련다.

어느 새 봄과 가을은 많이 사라진 듯 하다.
사계절이 뚜렷하던 우리나라는
어느 새 너무도 선명한 두 계절만을 가지고 있는 듯하다.

겨울 옷 금세 벗겠거니 하고 갖고 있던 하나의 털코트로
3, 4월을 지내버렸고
대학생 새내기다운 상큼한 옷차림은 꿈도 못 꾸었다.

이제는 좀 날이 풀렸거니 하고 분홍 겉옷을 걸친 오늘,
제법 추워서 차가워진 두 발과 두 손을 웅크리고 동동거리고 있다.

봄이 참 보고싶었는데
봄을 느끼기엔 내가 너무도 추웠다.

남쪽을 떠나
더 북쪽의 서울에 있기 때문인 걸까.

너무도 독한 미세먼지도
내겐 정말 당황스러운 일이었다.

가득 찬 과제를 해치우니 4월,
시험을 끝내니 어느 새 5월이 코 앞이다.

살짝 노곤해진 몸을 위해 오늘은 좀 일찍 자야겠다는 생각을 하지만
머릿 속에 리포트가 아른거려 다소 허탈하다.

하나님께서 내게 지혜 허락하시길 능력 더하시길 기도한다-.
헤헤. 후딱 끝내고 놀게 해 주세요! <-퍽!

놀고 싶고, 또 네가 그리운 오늘이다.

짧은 이별

04.29. 일 이후...

울지 않으려고
울지 않으려고
그러려고 정말 노력하는데

자꾸만 눈물이 흘러넘쳐

솔직하자면

널 이해하지만
이해하지 못해.

원망하지 않지만
그래도 미워.

너무한 사람.
야속한 사람.

왠지 모를 불안에
몇 날 며칠을 울었는지 몰라.

너의 연락없이 하루를 버티고 받은
너의 통보와도 같은 부탁은 정말..

도리어 그 전까지 너무도 떨려오던
심장이 잠잠해지는..

무엇이 당신이 그런 결정을 내리게 했는지 궁금해.
목소리로도 들려주지 못할 그 말들을
쓰다 지우다 하며 메시지로 보내기까지
네가 어떤 마음을 붙들고 또 붙들었는지 궁금해.

네 부탁을 듣고
꼭 난 네게 믿음을 주지 못한 것 같아서,
아니, 네가 지금껏 나를 어떻게 여긴 것인지 이해되지 않아서
왜 지금껏 그런 결심을 내리기까지
내게 아무런 말도 하지 않았는지...

정말..
너의 그 사랑이 내겐 참 어려워서,
세상 그 누구가 온전히 설 수 있냐고 네게 말하며
마음이.. 마음이 이상해졌어.

전화를 끊고
결국 네 목소리로는 아무것도 돌아오지 않던
너의 대답을, 말을, 미안함을
글로. 마주하고.

친구로 있는다는 말이
내가 주말에 내려가도 만나지 않는다는 건 아니란 네 말이
너무하고

분명 손 잡고 싶어질텐데 어떻게 만날 수 있냐고 묻는 내 말에
소중한 친구로서 괜찮다는 네 답은

정말
미워요.

―――

다시 연락할 생각 없었어요.

생각보다 괜찮아서 괜찮은 줄 알았는데
자꾸만 눈물이 주르륵 흘러넘쳐서,
예배 드리는데 눈물이 주체가 안되어서,
심장이 자꾸만 견딜 수 없을 정도로 두근대서.
아팠어요. 너무도.

설교 말씀이 마태복음 5장 33~37절로 맹세하지 말라,
즉 거짓말하지 말라는 말씀이었어요.
그런데 분명 이런 식으로 적용되는 말씀이 아닐텐데
내게는 꼭 솔직해져도 된다고, 그것이 나쁜 건 아니라고.
그렇게 느껴져서 그때부터 마구마구 성냈어요.

나라면 오래 사랑할 것 같다고 말해주어
결심내게 해 주었던 당신이,
날 지켜주고 싶다고,
세상에서 온전히 설 수 있게 함께 하고 싶다던 당신이,
그 입술로 다른 말을 내뱉는다고

그럼에도 처음 이야기를 시작하면서 날 사랑한다는,
그 말들이 이해되지 않아서, 미워서, 야속해서,
끝내 들려주지 않은 당신의 목소리가 그리워서.
울고. 울고. 울고.

누군가로 인해 이렇게까지 울어본 적이 없는데
괜찮은 듯 하다가도 금세 눈물이 흘러버려.
그거 알아요? 나 염색 지금껏 안하고 있었던 이유..
혹 당신이 떨어져 있는 걸 더 실감할까봐 마음 아파할까봐,
하더라도 내년에 하겠노라고. 그런 마음이었어요.

예배 마치고 기숙사로 돌아오려는데
미용실이 보이더라구요.

처음 하는 염색. 이런 기분으로 하게 될 줄 몰랐는데.
무작정 색을 고르고
코를 찌르는 염색약과 따가워지는 감각을 애써 무시하고
마음이. 부서지지 않게.

탈색을 하지 않아서인지 다소 어두운 색이었지만
나름 만족스러웠어요.
조명에 따라 감도는 붉은 빛의 정도가 달라지는 게
조금 기분 전환이 되더라구요.

과제 제출할 일이 있어서
출력 후 500동으로 걸어가면서 엄마와 통화를 했어요.

아침에, 꼭 마음이 멈춘 것 같아서
너무도 덤덤해서 엄마에게 전화를 걸었는데,
나와 당신이 정말 닮아서, 그래서 당신이 너무나도 잘 이해되어서
더 속상하고 그래도 이해하고 싶지 않다고 말하면서
비로소 눈물이 흘렀었어요.

오후에도 통화를 하는 데
아니나 다를까 이번에도 자꾸 눈물이 나더라구요.
아침과 달리 마구마구 하소연도 하고 성도 냈어요.

겨우 다독여지고 다시 기숙사로 돌아오면서
이번에는 엄마의 말을 들으며 왔어요.

다 듣고 나니까...

미안해요.

나의 작년 그 힘든 입시 기간 동안
내게 많은 힘과 위로를 준 당신.

나도 연인으로서 이 기간들 가운데
당신께 힘 될 수 있었다면 좋으련만...
지금까지 내가 알아온 당신이라면
이 결정을 내리기까지 많은 고민을 했겠지요.

그런 고민과 결정을 내리게 해서 미안해요.
내가 더 의지되는 강한 사람이었으면 좋았을까..란 생각도 들지만
그 생각은 거기서 멈춰놓을래요.
그리고 미안하다는 말도 하지 않으려 노력할 거에요.

이것이 당신의 결정이라면 그 끝이 어떻게 흘러가든
당신의 신실한 친구로서 힘이 되어줄게요.
사실 모든 것을 떠나 당신과 같은 사람,
생각을 오롯이 나누고 공감할 수 있는 사람
만나기 어렵다는 것을 알고 있으니까.
당신을 만난 것이 얼마나 큰 축복인지..

당신을 존중할게요.
사랑인지는.. 아직까지도 확신하지 못하는 나이지만
순전한 한 사람으로, 모두를 통틀어도
가장 좋아하고 소중하게 여기는 당신이기에.

당신을 존중하며 귀 기울이고 응원하며 늘 기도할 거에요.

―――

잊지 않을 거에요.
사귄 지 일주일도 안 되어서
10일도 넘게 보지 못하게 된 나를 위해,
열심히 공부하고 있는 나를 위해
사람들이 많이 지나다니는 그 통로에서

매일 같이 공중전화로 연락을 주고 사랑한다고 말해 준
당신의 사랑과 배려를.

기다려 달라는 말 대신
연인이 아닌 소중한 친구로 있어달라 말한 당신.

기다리지 않을 거에요.
기다리며 마음 아파하지 않을 거에요.

나의 삶을 살아가며
소중한 당신에게 힘이 되어주고
또 다양한 경험을 해 나갈 거에요.

우리 사이를 정의하는 말은 달라졌지만
그럼에도 당신을 향한 애정을 놓아버리진 않을 거에요.

엄마가 내게 깨닫게 해 준 것.

지금까지 내게 전해 준 당신의 그 마음.

그리고, 나의 마음.

당신이 정말 소중하기에
먼 훗날, 이 시기에 어떤 형태로든 힘이 되어주지 못한 것을
후회하고 싶진 않아요.

지금 순간들에 최선을 다할 거에요.
그리고 그 끝에 무엇도 바라지 않을 거에요.

아마 앞으로 크게 달라지는 건 없을 듯해요.

나도 종종 연락할테고, 어쩌면 늘 연락할지도 모르죠.
주말에 내려갔을 때 잠깐 만날지도 몰라요.

다만 사랑한다고 말하지 못하고
그 온기를 느끼지도 못하겠지요.
그리고 약간의 거리감도..

―――

마음이 정리된 후
이대로 당신이 학교로 돌아가면 힘들어 할 것 같아
페메를 켰어요.

오늘따라 당신의 페메 출현 빈도가 높더라구요.
분명 마음을 다독이기 전에 이걸 알았다면 화났을지도 모르겠어요.

짧은 기도와 함께 페메를 보냈어요.
평소의 당신을 생각하며 분명 바로 답이 오지 않을테니
어떻게 마무리 해야 할까 싶었어요.

마침 염색도 했고, 이를 친구에게 말하기도 했는데
학교에서 내 친구를 통해 그 사실을 알면
다소 심란해지지 않을까 해서
그걸 말했죠.

와, 당신과 지금껏 연락하면서
이렇게 빨리 답이 온 건 처음이었어요.

날 기다렸나요? 내가 걱정되었나요?
이대로 정말 멀어질까 불안했나요?

당신의 마음은 어떨 지 모르지만..

짧게 대화를 나눴고,
난 아직 만나주겠다고 하지도 않았는데
내가 염색한 것을 직접 보고 놀라고 싶다던가
뮤지컬 내용을 말해달라는, 다음을 기약하는 말들에
살짝 아릿해지던 마음을 누르며 모른 척 했죠.

또.. 살짝 달라진 단어들과 분위기는
조금 마음이 아팠어요.

이제 어느 정도 정리가 되었다고 느꼈고,
제법 웃어지기도 하고 그래서.. 괜찮구나 했는데
오늘 아침, 일찍 깼는데 심장이 너무 아파서

몇 시간을 앓다가 겨우 일어났어요.

근래 당신에 대한 여러 걱정과 불안으로 잘 챙겨먹지 못해서
조금이라도 먹으려고 했는데 도통 음식이 넘어가지 않더라구요.

결국 아침도, 점심까지도 먹지 못했어요.
친구의 구박에 과일을 사서 조금 먹고.. 그러고 있네요.

당신은 아프지 말아요 부디.
당신이 내린 결정이니 제발 아프지 말아요.
당신의 순간들에 집중하고 최선을 다해줘요.

공부에 집중하고 싶어서가 아닌
우리 관계에 자신이 없어서,
당신이 요즈음 불안정하고 생각이 많아서..
상처는 그냥 둔 채 의지만 하고 있는 듯 하여..라고
말했잖아요?

앞의 이유라면 나 자신에게 화가 났을 지 몰라요.
허나 당신이 진실로 뒤의 이유를 말한 것인지 어떤 지
난 알 수 없어요.

지금까지 당신은 너무나도 많은 비밀과 약속을 만들고
다음을 기약하며 그때에서 벗어났으니까.

과연... 그것들에 무엇이 있었는지
당신이 다 기억하고는 있을까 싶지만.

금요일에 너무도 외로워서 퐁실이를 안고 잤어요.
저 아이는 이제 어찌해야 하죠? 잘 모르겠어요.
그냥 모른 척, 당신의 그 시기가 다 지날 때까지는
내 곁에 둬야겠지요.

그래도 당신을 기다리진 않을 거에요.

이번 연휴,
당신이 만나기를 원한다면 만나러 갈 거에요.

다만, 울지 않기 위해
당신 때문에 이토록 아프다고 말하지 않기 위해
웃는 연습을 잔뜩 해야만 할 거에요.

내 마음에 쏙 드는 하늘색 치마를 입고
한 가득 내 마음에 온기를 담고 갈 거에요.

친구로서 만날 당신도 기대되어요.
부디, 이번에는 친구니까 당신도 보다 부담없이
당신의 고민과 생각들을 말할 수 있기를.

혼자만의 생각 속에서 나올 수 있기를.

아직도 당신은 모르고 있지만
나와 너무나도 닮은 당신.

행복해지기를.

—

아버지
아파요.

아버지.
그 아이가 안쓰러워요.

그 아이는 아니라 생각하고 있지만
전 알아요.
우리들은 너무도 많이 닮았는걸요.

이렇게 헤어지게 될 줄은 몰랐는데
자기 입으로 이런 사람과는 오래 사랑할 것 같다고,
그리 느꼈다 했으면서
그 입으로 이별을 말한.. 야속한 사람. 너무한 사람.

맙소사. 헤어지는 이유가
자신이 온전하지 못해서라니.

그렇게 바보 같고 그 아이다운 이유라니..

그것이 이리도 잘 이해되다니..

사실 저도 요즘 이별이 머릿속에 맴돌았으니까.
그 아이의 나와 있지 않는 듯한 말, 마음, 눈빛이 불안해서.
그에 너무도 영향 받는 내 자신이 부족한 듯 해서
그런 내가 상처줄 것 같아서.

그럴 바에야 멈추는 것이..란 생각이 들다가도
당신을 놓칠 수 없고
이런 부족함을 채워가며 믿음으로 성장하는 것이
사랑이라고 생각하니까.

이제 시험도 끝났으니
허심탄회하게 이야기 나누려 했는데..

아버지 아파요.

———

아버지. 여기도 그 아이가 담겨 있었네요. 참..

이제 그만!

―――

이 글이 마지막 글 되길 바라요.

하고픈 말 많고 담고 싶은 마음 많지만
이제 그만 거두려 합니다.

많은 대화 나눴지요.
사실, 나만 거의 말한 듯도.. 해요.
말하기가 어렵다던 당신.
부담주기 싫어 천천히 당신의 이야기 이끌어 내고 싶었지만..
못 듣고 멈추네요.

그다지 달라지지 않은 기분이었어요.
옆에 있어도 손 잡지 않고
애정 어린 눈빛을 찾기 어려웠다는 것 말고는요.

랑. 내 하나뿐인 랑.
내게 오래 사랑할 것 같다 말하지 말지 그랬어.
그에 용기내었건만, 정말..

내가 온 마음 다해 진정으로 만나고 있음을 알았던 당신.
그렇기에 지금 당신의 마음 더욱 알지 못하게 되었어요.

사랑한다고 다시 말할 수 있을 때 사랑한다 말하고 싶다 했나요.
지금도 사랑하고 있다고 했나요.

이 말들이 기다려 달라는 말이었나요?
'소중한' 친구를 그토록 강조한 이유도?

진정 그랬다면 미안해요.

당신은 너무도 급작스럽게 결정을 내렸고
내게 이기적임을 알면서도 부탁으로 감춘 통보를 하였지요.

언제부터였죠? 그런 마음, 생각들.
끝내 당신 홀로 하는 생각.

날 존중한다면 사랑한다면 표현해주지 그랬어요.
그래, 어쩌면 이것이 당신에게, 그리고 내게 있어 최선일지 몰라요.

그렇지만, 난...

정말 정말 그 고백들이 변치 않았다면 여전하다면
적어도 문자는, 전화는, 만나자는 약속은..
당신이 먼저 하지 그랬어요.

내게 미안해서라면 당신은 더욱 나빠요.

당신의 중요한 순간에 내가 힘들었다면
어떻게 해 주면 좋겠다,
기다려주면 좋겠다.. 라 해 주지.

당신의 마음을 알 수 없게 되어버렸어요.

만약 당신의 마음 여전하다면 정말 대단해요.
그 마음 찾기 너무 어려웠는 걸, 신호를 잡지 못했는 걸,
나의 마음에도.. 닿지 못했는 걸.

모르겠네요.

어쩌면 내가 보지 않으려 하는 걸까?

모르겠어요.

더이상 당신과 함께 할 순간을 그리지 못하게 되었어요.
당신이 다시 내게로 오리라, 이제는 확신이 들지 않는 걸.
정말 친구로서 날 원할 수도 있다는 생각도 들어요.

모르겠어요.
다만, 지금 정리한 내 결정은..
내 마음을 거둘 거에요.

당신이 날 어지럽혀도 흘려 내보낼 거에요.
당신과 함께 한 감각을 무디게 할 거에요.
너무도 생생해서 기록하지 않아도 선명했던
당신의 목소리와 온기,
흐리게 할 거에요.

사실, 이미 당신은 잘 기억하지 못하고 있으니까.

요런 쪽에 기억력 부족하다한 것..

메롱이에요 정말.

———

당신의 이 기간이 모두 흘러간 후
당신 스스로, 먼저 이 관계를 바꾸지 않는다면
적어도 친구로서라도, 당신이 지금을 이해시켜주지 않는다면
끝내 분명하게 당신이 어찌하여
이 결정을 내릴 수 밖에 없었는지 말해주지 않는다면

모든 걸 끝맺을래요.

그 전까지만,
내게 새로운 행복과 소중한 순간을 안겨준 당신을 위해
친구로서 힘이 되어 줄게요.

정말 이것이 마지막.

당신을 묵상하지 않을 거에요.
되뇌지 않을 거에요.

점차 연락도, 흘러넘치는 표현들도
갈무리해 갈 거에요.

사실 당신을 만나고 돌아서는 데
당신 얼굴이, 목소리가 떠오르지 않는 거에요.

다소 충격이었어요.

아마 떠올리면 아파서 그런가 봐.
나 울기도 많이 울고, 음식도 잘 못 넘기고.. 그랬어요.

당신이 내린 결정이니 당신은 아프지 않길 바랐지만..
괜찮아 보여 야속했어.

모든 최종 결정은 그 날로 미뤄뒀어요.
그 때에 당신의 편지, 선물, 메시지, 사진들..
어찌할 지 결정하겠지요.

그 전까진 모른 척 지나치고, 그저 두고
내 마음을 점차 거두어 갈 테야.

고마웠어요.

많이, 정말 많이 좋아했어요.

당신을 내 처음이자 마지막인

하나뿐인 사랑으로 만들어 가고 싶었고

만들어 가고 있었어요.

이제 멈춰요.

더이상 아프고 싶지 않아요.

그럼에도 마지막 페이지는 당신에게 맡겼어요.

부디 그 때에 하나님 안에서

올바르게 매듭지어질 수 있기를 기도해요.

당신의 고백에 잠기어

조금씩 표현했던 사랑한단 말..

나의 랑, 나의 새하얀 나비.

오롯이 고백하게 되는 날

첫 입맞춤할 수 있지 않을까.. 했던.

조금씩, 멈춤 없이 키워가고 있었던 내 마음.

이제 그만 거둡니다.

안녕.

그럼에도.

당신이 아픈 게 너무 싫어서.

오늘도 먼저 말을 걸어요.

참 어렵다.

당신이 여전히 날 사랑한다면 이렇게 아프진 않을 텐데.

도통 알 수 없는 당신의 마음.

당신의 바람.

당신의 시선.

참 독하다.

다시 만남

바보씨.
진짜 진짜 바보야 정말.

대체 지금껏 어떤 날 만나온 거에요!

우리 좀 더 대화하자구요.
서로를 좀 더 알아가고.

물리적 거리가 심리적 거리에 영향 주지 못하도록
나의 마음 그대 마음, 나 하나 그대 하나 엮어가며

웃어주고 함께 웃고
때론 울며 서로를 토닥이는.

그리고 잊지 마요.
난 그대가 지켜 주어야만 하는 사람 아니에요.

함께 손 꼭 붙잡고 나아가는,
때론 당신이 의지할 수 있는 사람,

그런 사람 되어주고 싶어.

그러기 위해서는
당신이 이 사실을 잊지 않아 주어야 해요.

기억해 줘요.
당신의 삶을 나눠줘요.

그리고.
난 당신이 날 행복하게 해 주면 좋겠는데.
나 좀 더 원해주면 안되나?

치이-. 서운해진다고요~~.

당신이 잊은 듯 하여 한 번 더 얘기해 줄게요.

난 한 쪽 발끝을 걸쳐놓은 마음으로 임할 거에요.

그 끝은 아무도 장담하지 못하지만..
그 끝이 그대가 될 수 있게 최선을 다할 거고,
또 온 마음 다해 그대에게로 향할 거야.

기억해줘요.
이런 나의 마음을 잊지 말아줘요.

그리고..
당신 홀로가 아닌
그대와 나 함께임을..

당신도 노력해 달라고..
부탁해도 될까요?

날 소중히 여겨주고 존중해 주길 바라요.

이번과 같이 당신 홀로의 생각, 짐작, 끝내 내린 결정..
그 전에 내게 나눠주고 대화 나눌 수 있다면.. 좋겠어요.

많이 당혹스러웠고, 다소 배신감도,

무엇보다.. 많이 아팠어요.

우리는 지금껏 다른 삶을 살아왔기에
다른 모습, 생각 가득할 지도 몰라요..

난 알아가고 싶어.
당신은 어때요?

슬픈 이유로.. 날 놓지는 말아줘요.
당신을 알 수 있게 해 줄래요?

난 다소 새로 시작하는 기분이에요.
마음가짐을 말해주진 않을 거지만!

이번에 느꼈지만 우린 서로를 정말 몰라요..
아쉬워라.

어쩌면 좋은 걸지도?

계속 계속 알아갈 수 있으니까?

미스테리한 당신.

앞으로도 잘 부탁해요-.

그리고. 다시 만나 반가워요 랑.

———

06.14.

안다.
이건 나를 향한 경고다.

난 잘 설레고 쉽게 행복해진다.
물론 쉽게 우울해지기도 한다.

그러다 보니 스스로 오롯이 서는 게 아닌
사람에게로 도피하기도 한다.

그래서 누군가에게 기대지 않기 위해
지나치게 의지하는 일 없게 하기 위해

동시에 널 잊지 않기 위해..
내 세상에서 널 놓치지 않기 위해..

만나는 사람이 있다고..
동아리 사람들에게 말했다.

모르겠다.

그때의 이별 이후로 난 네게 어떠한 거리를 만든 게 아닌지.

내가 덜 다치고자 멀리 있으려 하는 건 아닌지.

다만 모든 것은

당신의 그 시간들이 지난 후로 미루기로 한다.

좋아하지만..

아직도 좋아하는 것이 뭔지 모르겠다.

늘 올라갔다 내려갔다...

다만 부디 주님 안에서

그 오락가락이 $x\sin x$ 형태를 띄고 있길.

성장하기를.

하나님 안에서 바로 서기를.

———

07.20.

아주, 아주 오랜만에 쓰는 글이다.

대학교 첫 학기,
아프기도 많이 아팠고
또 성장하기도 한.. 나날들이었다.

어느 새 여름.
습도 가득, 텁텁한 무더위에
조금은 눅눅해져 버린 기분.
좀 더 솔직하게는 퍼져가는 기분이다.

책상 아닌 내 무릎 위에 두고
써내려가는 글은
내 몸의 움직임에 따라 불안정해져
또박또박 적어가기에 다소 힘이 든다.

그렇지만..
드디어 쓰고 싶은 마음이
두려운 마음을 앞선 말이라
즐겁고 참 좋다.

이를 응원하듯
날 간질이는 작은 바람도
참 사랑스럽다.

———

08.22.

비로소, 오늘이 되어
진심으로 말할 수 있게 되었다.

이젠 정말 괜찮아.

글이 머릿속을 맴돌아도
마음이 콱 막힌 것처럼
어찌할 수가 없어서,
괴로워서,
글을, 쓸 수 없었다.

당신과 다시 이어졌으니
나의 글도 다시 춤추리란 생각과 달리
모든 것이 멈춰서, 차마 공책을 건들 수도 없어서
마치 내 마음 너울 하나가 꽁꽁 묶여
끊지 않고선 풀 수 없는 것만 같아서
눈물 없는 눈물을 많이 흘렸더랬다.

늘 곁에 둔 당신의 편지함은
도통 덮개를 열 수 없어
쳐다보는 것도 기억하는 것도 힘겨웠다.

당신의 진심을 놓쳐버려
길을 잃은 나는
어디서도 당신에게로 향하는 길을 찾을 수 없었다.

그럼에도 단 한 가지,
당신이 진정으로 소중하다는 그 사실 하나에 기대어
내 전심을 한 번 쏟아보기로 했었다.

이를 위해 필요했던..
무조건적인 '믿음'

당신을 알 수가 없어서 대신 나의 마음을 굳게 믿었고
그 마음이 흘러넘치는 대로 행하였다.

조금은 충동적으로 초코무스케익 재료를 사고,
만들어서 연락하고 무작정 학교로 챙겨갔더랬다.

좋았다.

당신의 웃음이
즐거워함이
행복..을 말하는 당신이.

그리고 오늘,
서울에 올라온 후 맞이하는 두 번째 밤.
마법처럼..

편지함이 열렸다.
대학에 오기 전 받은 편지.

그래. 이제 되었다.
그만 아파하자.

당신이 있어,
난 행복하다.

―――

08.28.

한 가득 몽글몽글해져서
몹시도 설레고 행복해요.

당신의 표현 하나하나가
모두 다 사랑스러워-.

우리의 일상적인 대화에서 묻어나는
서로를 아껴주고 사랑하는 마음들이
참으로 소중하고 행복해서 늘 감사해요.

매일의 기도가 차곡차곡 쌓여
언제나 주님 품 안에서 사랑할 수 있기를.

아버지.
제게 귀한 사람 허락해 주심 감사합니다.
존중하며 배려하고 매사에 사랑으로 대할 수 있기를
간절히 원합니다.

아버지.

저 정말 행복해요.

어떤 순간이 와도 이 행복을 소중히 지켜가길 바라요.

감사합니다.

예수님의 이름으로 기도 드립니다. 아멘.

—

보고 싶은데
닿고 싶은데

내 곁에 없는 당신이
야속하다.

어쩌겠는가.
이 또한 흘려보내야 할 마음.
그런데 또 당신께로 간다.

내 말이 당신을 앞지른다.
다독여도 자꾸만 당신과 내 말이 겹치고
당신은 또 내게 양보한다.

내게 필요한 건 터 놓음.
나아가 당신의 마음.
생각. 감정.

가능한 솔직해질 거다.
다만 배려와 사랑을 잊지 않을 거다.

당신은 내게 늘 솔직하나...
내게로 오는 이야기가 적어
당신을 알아가기가 어렵다.

숨.
숨이 가쁘다.

―――

11.03.

당신에 대한 글은 따로 노트가 있는데
어째 그저 지금의 생각이 또 당신에게로 가 버렸다.

당신의 마음이 넓은 건지
냉철히 구분을 잘하는 건지

어쩌면 둘 다 일지도.

그렇기에 나의 말을 듣는 걸지도.

당신의 이야기가 고프면서도
내 입을 잘 멈추지 못하는 것은
무슨 심보인지.

갑갑함을 이야기로 풀어내기 위함인지.
들음으로 알아가는 게 겁나는 건지.

곤하다.

당신이 그립다.

그래, 이건 특별한 좋아함이야.
난 자꾸 헷갈려 하니 말해줘야 해.

많이 좋아하는 거야.
의무가 아닌 흘러넘치는 마음으로 배려한 거야.
미안함에, 걱정에 숨고 싶은 거야.

힘겹게 느껴지는 나도, 스스로 지쳐버리는 나도,
모두 다 나야.
괜찮고 싶어. 괜찮아.

그런데 이리 생각한다는 게
결국 눈치챘다는 거 아닌가..?

아, 모르고 싶어.
숨을래.

＿＿＿

11.16. 새벽.

비가 한 번 거세게 내렸었다.

오래도록 펴지 않았기에
이제서야 살짝 울은 노트를 보았다.

자각하면서도 방치할 때
아픔은 점차 불거진다.

뒤늦게 봤을 땐
이미 처치할 수 없는
그런 상처.

분명 흉이 질 거다.

볼 때마다 다시 아프기도
서럽기도 할 흉터.

그래, 곪지 않도록,
흉이 되도록 할 거다.

잔상뿐인 아픔이 되기를.

[내가 나에게 미안해서..]

이별 ──────────────────────

01.17.

정말 오랜만에 글을 쓴다.
한 사람으로 가득 차 버려서,
그런데 그 사람이 너무 아파 차마 글을 적을 수 없었다.

온통 그로 채워질 테니까.

400여일.. 충만한 사랑에 안정감을 느꼈던 건
채 100일도 안되는 것 같다.

바쁜 사람이 꼭 사랑이 적은 것은 아닐텐데.
조금 걸리더라도, 그 바쁨이 끝났을 때만큼은
날 봐 주고 했어야... 하지 않았나 싶다.

자신의 세계가 깊은 사람이니까,
다소 서투른 이니까,
보다 이해해주고 포용하려 했다.

그런데 쌓여가는 서글픔은 어찌할 수가 없더라.
이를 표현해도 달라지는 것을 통 느낄 수 없으니..

그래, 미칠 듯이 괴로웠다. 공허했다.
첫 닿음이 참 덧없더라.
당신과 더 어여쁜 관계를 만들고자
노력했던 내 열심도. 참 허탈해 지더라.

많은 걸 바라진 않았다고 생각한다.
나의 선물에 진심으로 기뻐하고
나의 편지에 설레어 하며
그 감정들을 담은 눈빛, 목소리, 따스함.
그것만으로도 참 행복했을 텐데.

같이 있어도 홀로 있는 기분.

날 좋아하는 건 맞냐는 질문에 모르겠다더라.
그래, 우린 감정이 무디니까.
나도 이따금씩 그러니 이해할 수 있었다.

그래도, 그래도, 내가 힘들다는데
진지하게 생각해 보아라 했는데
그것을 흐지부지 넘어간 것은 대체 무어란 말인가?
또 자기 생각 속에서 날 놓았겠지 뭐.

그 무엇도 확실히 말해주지 않는 너인데...
지치지 않을 수 있나?

기다림은 문제되지 않는다.
돌아와서 내게 특별히 보답해 주길 바라지도 않았다.

단 하나. 처음의 너.
너의 눈빛, 목소리만으로 사랑을 느꼈던, 그때의 너.
마지막으로 너에게 두 선택안을 주었을 때,
그때조차 난 사랑을 원했고
직접적으로 내가 원하는 답까지 말하였다.

그리고 넌 헤어짐을 골랐다.
내 행복을 바라서 그렇다더라.

이기적인 놈. 나쁜 놈.
스스로 감정이 마른 편이라 해서,
종종 나에 대한 마음조차 모르겠다고 해서,
그럼 날 좋아하는 거면 좋겠냐는 질문에도
모르겠다고 답한 너다.

너는, 책임을 지지 않는 거다.
우리의 관계에도
우리가 지나온 시간들에도.

그러면서 친구를 논하고,
오랜 시간이 흘러도 그러지 못하냐고 묻는 너는
얼마나 더 날 괴롭게 만들 셈인 건지.

차라리 솔직히 말하지.
마음이 식었다고.

헤어진 후 물건을 돌려주던 날
도대체 왜 이야기를 나누자 해서
날 더 아프게 하는지.
왜 난 그 순간에도 널 배려하고 있는지.

네가 나빴어.
넌 연인으로서도 사람으로서도
날 배려하지 않았어.

너무 아팠어.

에필로그

우린 서로가
나비인 줄 알았다

허나 실은 둘 모두 꽃이
었음을

어느 날 문득
홀로 깨달았더랬다

―――

벌써 헤어지고 2년 정도가 흘렀다.
그 2년과 나의 기록들에 의해 마침내 깨달았다.

우리는 닮았지만
다른 사람이라는 걸.

나는 너에게서
날 보고 있었다는 걸.

나는 그 아이를
그 아이 자체만으로
오롯이 봐주지 못했다는 걸.

다만 몹시 행복했고
진심으로 좋아했다는 걸.

만나는 중에도
의문을 가하던 내 마음에
마침표를 찍는다.

사랑했노라고.

너도 그저 꽃이었구나

초판 1쇄 발행 2021년 6월 4일

지은이_ 최승현
펴낸이_ 김동명
펴낸곳_ 도서출판 창조와 지식
디자인_ 송희
인쇄처_ (주)북모아

출판등록번호_ 제2015-000037호
주소_ 서울특별시 강북구 덕릉로 144
전화_ 1644-1814
팩스_ 02-2275-8577

ISBN 979-11-6003-316-8 (03810)

정가 16000원

지식의 가치를 창조하는 도서출판
www.mybookmake.com